Engelhorn Bücherei

Johannes Gross
Für- und Gegenwitz

APHORISMEN

AUSGEWÄHLT VON
RENATE JOSTMANN

Engelhorn Verlag
Stuttgart

ISBN 3-87203-148-1

Typografische Gestaltung: Brigitte Müller
Satz: Uhl + Massopust GmbH, Aalen
Druck und Bindearbeiten: Clausen & Bosse, Leck
Printed in Germany
Dieses Buch wurde auf chlorfreies
Werkdruckpapier gedruckt.

INHALT

ÜBER JOHANNES GROSS UND SEINE APHORISMEN

»Die Provokation... kommt auf leisen Sohlen«, hat »Die Zeit« einmal über Johannes Gross geschrieben. In diesem Band kommt sie gesammelt – in Gestalt seiner Aphorismen, die sich beinahe in jedem Beitrag dieses überaus geistvollen Publizisten finden, der als »Lichtenberg unserer Zeit« gilt.

Johannes Gross ist einem breiten Publikum über das Fernsehen bekanntgeworden, aber vielen war er schon zuvor durch seine klugen Artikel und Bücher aufgefallen – als der Aphoristiker unserer letzten Jahre. Was Goethe einst über Lichtenberg gesagt hat, könnte auch auf Gross gemünzt sein: »...wo er einen Spaß macht, liegt ein Problem verborgen.« Tatsächlich gelingt es ihm in seinen Aphorismen immer wieder, die Wahrheit mit einem einzigen Satz zu treffen und dabei den Geist der Zeit auf die Schippe zu nehmen.

Johannes Gross hat freilich auch die Schwierigkeiten mit dem Aphorismus im

Deutschen erkannt: »Weil er kurz ist, wird er für apodiktisch gehalten und als absolut, Widerspruch ausschließende Prosa übelgenommen. Es darf ja auch nichts leichthin gesagt oder geschrieben sein. Dem Volk der Denker und Schulmeister genügt es nicht, daß etwas langweilig ist – es muß noch lang obendrein sein.«

Johannes Gross dagegen ist der Meister der knappen Prosa, des Essays, des Kommentars, der Glosse – und eben des Aphorismus. Seine Aphorismen wollen, wie alle Texte dieser literarischen Gattung, langsam und stets aufs neue gelesen werden; nur so läßt sich bei der Lektüre ihr Witz, ihr Scharfsinn entschlüsseln.

Wer auswählt, legt seine eigenen Maßstäbe an. Das ist auch hier der Fall. Für die Auswahl und ebenso für die Idee zu diesem Buch trägt jedenfalls nicht der Autor, sondern der Verlag die Verantwortung.

Ulrich Frank-Planitz

EINSICHTEN UND ERKENNTNISSE

Allgemeiner Friede ist erst, wenn die Lauen das Erdreich besitzen.

Der Machtlose entschädigt sich gern durch die Überzeugung, ein besserer Mensch zu sein.

Wem keiner Autorität glaubt, der hat keine, da kann er lange beteuern.

Man langweilt sich nicht, man wird gelangweilt.

Eines der größten, liebsten Rechte, die eine hohe Stellung verleiht, ist dasjenige, seine Mitmenschen ohne Gefahr des Widerstands zu langweilen.

Wer andern den Spiegel vorhält, braucht selbst nicht hineinzuschauen.

Was deprimierend ist: Du bist wie alle anderen. Was tröstlich ist: Alle anderen sind wie du.

In der Zeit, wo die Kunst der Konversation zugrunde geht, machen sich die öffentlichen Vorträge, die Seminare, die Podiumsdiskussionen breit.

Das Recht auf Irrtum hat nichts mit Toleranz zu tun, es meint die gnadenweise Verzeihung für eine Abweichung von der herrschenden Meinung unter der Voraussetzung der Bußfertigkeit des Abweichlers.

Die Misere der Gelehrsamkeit in Deutschland hängt mit der Weigerung der Verleger zusammen, Fußnoten zu drucken.

Er schämt sich seiner Eltern, weil sie genauso waren wie er.

Fleiß hat auf die Dauer nur der Tüchtige.

Kleine Leute befürchten immer das Schlimmste. Die Intellektuellen darunter befürchten zudem, daß es nicht eintrifft.

Es ist nicht rätlich, von einem unansehnlichen Äußeren auf eine schöne Seele zu schließen.

Wer andern eine Grube gräbt, fällt selten rein.

Pack schlägt sich, Pack verträgt sich – aber die besseren Leute auch; sie brauchen bloß länger.

Aus der neuesten Welt. In Sydney gibt es einen Telefonansagedienst, der dem Anrufer mitteilt, wer gerade wo wie lange streikt, und der Einwohner kann sich einrichten. So tritt dem sozialen Fortschritt gleich der technische zur Seite und bricht ihm die Spitzen ab. In Deutschland ist dergleichen nicht vonnöten, doch könnte mancherorts ein Auskunftsdienst über Demonstrationen nützlich sein – für diejenigen, die mitmachen und für die, die sie meiden wollen.

Goethe macht die Bemerkung, daß ein guter Ruf nicht weiter schädlich sei, sobald man das hinter sich gebracht habe, womit man ihn verdient hat. Es bleibt zu ergänzen, daß ein guter Ruf sich noch rascher verbreitet als ein schlechter; ein hilfsbereiter Mensch, der obendrein gutmütig ist, trägt, anders als der Dichter, an der Last, daß er gern von anderen in Anspruch genommen wird und am Ende gar nicht mehr zu sich selber kommt.

Schillers Zeilen »Die schönsten Bande sind's, die zartesten, die das Geheimnis stiftet« können ergänzt werden: Die schönsten Bande sind's, die zartesten, die das Geheimnis lüftet.

Es sind die verschwiegensten Leute, die keine Geheimnisse haben.

Er fuhr mit abgeblendetem Verstand durchs Leben. Es reichte für seine mittlere Geschwindigkeit, und er störte niemanden, der ihm entgegen kam.

Machen Sie das bitte, Sie können das so viel besser als ich! Die Rache des Untalents; und es braucht sich nicht einmal anzustrengen.

Daß alle Menschen Brüder werden sollen, ist ein Traum von Einzelkindern.

Die Selbstbedienung hat die Selbstbeherrschung als soziale Tugend abgelöst.

Nur in dem, was wir uns ausdenken, können wir ganz genau und ganz ehrlich sein.

Die eigene Vortrefflichkeit nicht wahrnehmen zu können, zeigt einen Mangel an Urteilsvermögen.

Es gibt die platonische Liebe, aber es gibt auch die platonische Eifersucht. Diese kommt häufiger vor.

Es ist für die Biographie sehr förderlich, eine große Konversion hinter sich zu haben. Schon das Gleichnis vom verlorenen Sohn beweist, in einer theologisch unerwünschten Interpretation, daß Treulosigkeit und anschließende Heimkehr sich auszahlen.

Alle Welt macht sich über die Neureichen lustig und ihren unsicheren Geschmack, ihre Aufdringlichkeiten. Die Neu-Geistreichen sind genauso, entgehen aber der Kritik.

Zeichen des Alterns. Wenn jemand die Würde der Anmut vorzuziehen beginnt, sich bereitwilliger, lieber mit Notabeln aus Wirtschaft und Gesellschaft trifft und unterhält als mit einer gescheiten schönen Frau. Früher wurde beifällig zitiert, nur die Greise hätten Zeit für die Liebe, die jungen Männer ruderten auf den Galeeren ihres Ehrgeizes; heute rudern die Greise, und die jungen Männer räkeln sich.

Zwei Zeitfiguren. Der junge Mann, der nicht anfangen, der alte Mann, der nicht aufhören kann. Der eine hat nie gelernt zu arbeiten, der andere hat nichts anderes gelernt. Und keiner kann allein sein; die wuchernde Geselligkeit der Leute, die einander nichts zu sagen haben.

Je öfter ich ehrende Trauerreden auf Verstorbene lese oder höre, desto stärker wird der Wunsch, am Leben zu bleiben.

Das Leben ist geschmacklos – es geht einfach weiter.

Im 19. Jahrhundert war es üblich, auch von der Beerdigung guter Freunde kaum Notiz zu nehmen, die Begräbnisse fanden häufig erst bei sinkender Sonne oder des Nachts statt; die Abdankungs-Gottesdienste scheinen im bürgerlichen Leben keine die Umwelt verpflichtende Bedeutung gehabt zu haben. Heute dagegen finden sich nicht nur die Hinterbliebenen und Freunde bereitwillig zum Seelenamt ein, sondern gehen auch, soweit es nicht ausdrücklich ausgeschlossen wird, mit auf den Friedhof und werfen ein Schäufelchen Erde auf den Sarg; an Leichenschmäusen erfreut sich beinah jedermann, trägt seltener das tiefe Schwarz, sondern das gedeckte Alltagskleid.

Vorzug des Fegefeuers: die letzte Möglichkeit, alle seine Bekannten zu treffen.

Obwohl er Atheist war, mußte er dran glauben.

Bedeutender Vorzug des Gefängnisses vor dem Krankenhaus. Der Insasse bestimmt, ob und welchen Besuch er haben will.

Bei jedem Autounfall bildet sich ein Stau auf der Gegenfahrbahn, es fahren die Leute im Schritt, die früher zu den öffentlichen Hinrichtungen geeilt wären.

Daß der Mensch als soziales Wesen gut ist, geht daraus hervor, daß im Straßenverkehr diejenigen schlechter vorankommen, auf deren Spur das Hindernis sich nicht befindet – weil die anderen vorgelassen werden.

Das Gegenteil von Selbstlosigkeit ist Selbstverwirklichung.

Was uns Bosheit scheint, beruht oft auf nichts anderem als auf Gleichgültigkeit; mit der Güte verhält es sich genauso.

Grund- und Lebensregel für alle Jahre: Kein Opfer bringen, von dem man nicht genau weiß, ob und wem es nützt.

Was lästig ist: Erst hilft man einem, aus Schwäche, Gutmütigkeit oder Nächstenliebe, und dann bedankt der sich auch noch dafür.

Die Frage nach der Persönlichkeit stellt sich dort, wo nach der Qualifikation zu fragen schon unsachlich wäre.

Als wirklicher Fachmann wird von Kollegen nur ernst genommen, wer sonst nichts kann.

Es gibt immer weniger Sonntagskinder. Die Dienstpläne der Kliniken und der Ärzte sehen sie nicht vor.

Erstaunlich, daß noch kein Mensch die eigenen Gedanken als »Software« bezeichnet.

Heimweh meint oft, daß jemand lieber gepeinigt als unbeachtet sein will. Wo ist einer daheim oder zu Hause? Da, wo er ausgeschimpft wird.

Die amerikanischen Yuppies und unsere Aufsteiger sind tüchtige und brauchbare Leute, solange sie nicht angekommen sind. An der Spitze haben sie alles erreicht, was ihnen je in den Sinn kam; nun sitzen sie den Aufstieg aus.

Unentbehrlich für den Karriere-Mann: sich den richtigen Vorgänger suchen.

Nichts seltener, als daß einer einen richtigen Nachfolger für sich selber sucht und findet.

Das Gegenstück zum Aussteiger ist der Drin- oder Dranbleiber: ein Leben ohne Vorzimmer, ohne Dienstwagen, ohne Terminkalender ist ja kein Leben mehr.

Von einem, der heruntergekommen ist, erwartet man immer noch ein wenig mehr als von einem, der heraufkommt.

Er gehört zu den ewig Jungen und lebt noch im reifen Alter im Stand der intellektuellen Unschuld – er hat den ersten eigenen Gedanken noch vor sich.

Herabkömmlinge sind auch nicht sympathischer als Emporkömmlinge.

Es ist bewiesen – jedenfalls für die meisten von uns; denen am unteren Ende der Sozialskala nützen entfernte Bekannte nicht, sie tun recht, im trautesten Kreis zu bleiben; denen am obersten Ende geht's genauso, aus andrem Grund: Die entfernten Bekannten haben weniger Einfluß als sie selber, und darum tun sie recht, sich mit den wenigen Gleichgestellten abzuschotten.

Es gibt Leute von so überzogenem Selbstgefühl, daß sie im Ernst erwarten, auch hinter ihrem Rücken werde nur Gutes über sie geredet. Da doch in Wahrheit jemand schon viel erreicht hat, wenn ihm der Mitmensch nicht mehr ins Gesicht sagt, was er von ihm hält.

Es gibt den Typ des Boten, der schlechte Nachrichten aufspürt und sie voll heimtückischer Freude überbringt; ihn darf man umbringen.

Es ist nicht unbedenklich, die Lacher auf seiner Seite zu haben.

»Das kann ich mit meinem Gewissen nicht vereinbaren.« Wenn es eines wäre, würde es keine Vereinbarung zulassen.

Die Menschenlandschaft verändert sich, wird herbstlicher. Neue Freunde gibt es kaum, Bekanntschaften schließen sich seltener auf; wohl dem, der Nachkommen hat.

Morgenstund hat Gold im Mund. Das sagt der Bauer, der nie einen Barren zu sehen kriegt.

Ein Exorzismus gegen eingebildete Gespenster ist nicht ohne Wert, er wirkt auch.

DIE FEINE LEBENSART

Von den Enden der Welt werden Kostbarkeiten herbeigeholt, zum Genuß für ein Publikum, das sich alles, aber selbst nichts mehr leisten kann. Im Rom der Kaiserzeit könnte es ähnlich gewesen sein.

Einen wirklich reichen Menschen erkennt man daran, daß er die Genüsse, die das Geld ihm verschaffen könnte, verschmäht. Er liebt das Geld um seiner selbst willen und dient dem Gott Mammon so, wie andere anderen Göttern dienen – selbstlos.

Deutsche Ballsaison. Sie tanzen nicht, sie konversieren nicht, und unser himmlischer Vater ernährt sie doch, am kalten Büfett und bei der Tombola. Selbst der Betuchteste steckt die Flasche mit Kräuterlikör in die Tasche, belädt sich mit Bildbänden, die nicht marktfähig sind, und der Strumpfhose, die die Gattin als Sonderangebot verschmäht. Die Plastiktüte in der Hand, den frisch gewonnenen Toaster auf der Schulter, verläßt der Befrackte die festliche Stätte; gerade den Reichen erkennt man daran, daß er nicht das Geringste liegen läßt.

Außer Fred Astaire hat noch jeder Mann beim Gesellschaftstanz lächerlich ausgesehen – es sei denn, es werde im Frack Walzer getanzt. Die Schwarzen wirken beim Tanz nicht lächerlich, weil sie sich natürlich, locker bewegen, aus der Musik Bewegung machen, wie es kein Weißer kann. Die klugen Asiaten tanzen gar nicht, sondern sehen, wie die Römer, nur den Frauen zu.

Zar Nikolaus hatte sich Kritik am Klima von St. Petersburg verbeten, doch die am Wetter war erlaubt. Auch in den Rheinlanden ist das Klima vortrefflich, nur das Wetter ist schlecht.

Bei uns kann man klassenspezifisches Verhalten bei Klimaveränderungen beobachten. Es gibt Leute, die immer gleich frieren oder schwitzen, sich beim ersten Sonnenstrahl die Kleider vom Leib reißen und sich beim ersten Frost vermummen.

An Frauen, die sich in der Öffentlichkeit schminken, hat man sich gewöhnt; aber nicht an Männer, die sich öffentlich kämmen. In meiner Jugend wurden die Altersgenossen, die einen Kamm aus der Gesäßtasche zogen, um sich das Haar zu richten, »Stenze« genannt. Alte Stenze gibt es immer noch.

Bisher war Männermode vornehmlich Nachahmung des bunten Rockes, der militärischen Uniform, die erhoben werden konnte zum höfischen Zivil oder herabsank zum bäuerlichen Festanzug, der die Formen früherer Jahrhunderte in einigen Trachten gut abbildet. Noch in unserem Jahrhundert gab es den Trenchcoat als direkte Übernahme aus dem englischen Schützengraben des

Ersten Weltkrieges, wie sein Name sagt. Die Blue Jeans sind dagegen der erste große und sogleich international gewordene Fall einer männlichen Bekleidung, die sich nicht von dem geistlichen oder gelehrten Stande noch von der Uniform herleitet, sondern von der Kluft des Arbeiters.

Daß Schuhe, Strümpfe, Gürtel, Anzug aufeinander abgestimmt sein müssen, war ihm schon immer verpflichtend gewesen. Mit der Zeit wechselte er auch immer die Aktentasche, damit kein Widerspruch zwischen der schwarzen oder der bräunlichen Tönung des übrigen Auftritts stattfinde. Jetzt ist es ihm penibel geworden, im blauen Anzug in sein oliv ausgeschlagenes Auto zu steigen, doch da findet er sich am Ende seiner Selbstverfeinerung angelangt.

Einige Menschen unterscheiden sich vom Tier dadurch, daß sie noch Milch trinken, längst nachdem sie entwöhnt worden sind.

Als Kind hörte ich öfters Leute sagen »Ich bin so frei«, wenn ihnen eine freundliche Gabe, eine Zigarre, ein Glas Wein, ein Stück Kuchen, angeboten wurde. Sie meinten damit, es steht mir eigentlich nicht zu, ich nehme aber wegen der ungewöhnlichen Gelegenheit gerne an. Die Wendung zeigte Blödigkeit im gesellschaftlichen Verkehr an und ist selten geworden. Rührend fand ich es, als mir neulich ein Jüngling so antwortete; überflüssigerweise – der Satz gehört zum jugendlich-gravitätischen, ironisch getönten Stil der nachgrünen Generation.

Der Münchner Frankreich-Freund trägt mit Recht nach: Die größere Gastlichkeit eines hohen französischen Beamten, verglichen mit seinem deutschen Äquivalent, wird dadurch gemindert, daß sie fast ausschließlich in (guten bis sehr guten) Restaurants stattfindet. Das höchste der Gefühle ist, wenn der Gast in die Wohnung gebeten, dort mit einem Apéritif versehen und dann von da ins Restaurant gebracht wird (ohne, außer dem Salon, die Wohnung gesehen zu haben). Die

Erklärung terre à terre des Phänomens: Der Franzose gibt sein Geld lieber für gutes Essen oder Frauen aus, steckt nicht so viel wie der Deutsche in seine Wohnung. Die Erklärung auf etwas höherer Ebene: Der Franzose wahrt eifersüchtig sein Privatleben; seine Wohnung geht nicht einmal seine guten Bekannten etwas an. Es ist ein Kapitalverbrechen, unangemeldet vor der Türe zu stehen. Man darf nicht einmal anrufen. Allein möglich ist: ein Pneumatique, in dem man mitteilt, man rufe dann und dann an, um das und das zu fragen.

In Paris kommt man auf eine Einladung eine halbe oder eine ganze Stunde später als auf der Karte steht. In anderen Gegenden tut's das akademische Viertel oder eine halbe Stunde. Unsere lieben Landsleute entwickeln zusehends die Pünktlichkeit zur Plage. Als ich neulich um fünf nach elf zu einem Empfang kam, war der Saal schon überfüllt. Offenbar waren alle zusammen auf die Minute genau angelangt. Das hat als kauzige Pedanterie einen eigenen nationalen Charme, den freilich weniger empfindet, bei dem liebe Menschen vorfristig sich einfinden und um fünf vor acht klingeln, wenn er gerade zum zweiten Mal versucht, sich den Schlips zu binden.

Freund Herbert, deutschsprechender Amerikaner, nennt die Freunde der Tochter, für die er eine handliche Bezeichnung vermißt, seine Schwiegerfreunde.

Man kann die Länder einteilen in solche, die eine rigide Ladenschlußregelung haben wie die Bundesrepublik, Britannien, Skandinavien, der Ostblock, und solche, die ihren Krämern und Konsumenten Freiheit lassen wie die USA oder die Romanen. Es ist der Unterschied zwischen den lässiggelaunten und den eher verdrießlichen Nationen.

Es gibt Privathäuser mit Schwimmbad, Sauna, Fitneßraum und dgl. und Privathäuser mit gutausgestatteten, gern genutzten Bibliotheken. Beides zusammen ist überaus selten.

Feine Leute sind, wenn sie selber anrufen, immer zuerst in der Leitung. Bei den Unfeinen empfiehlt sich sofortiges Auflegen; das zermürbt.

Das Telefon als Vehikel des Sittenverfalls. Ein fremder Mensch ruft an und erwartet von mir, als wäre ich eine Firma, daß ich mich ihm mit Namen vorstelle und wird ungehalten, weil es nicht geschieht.

Der Billigtarif der Post hat die Folge, daß manche Leute ihre Sparsamkeit auf Kosten der häuslichen Ruhe des Mitmenschen betätigen, nie rufen sie tagsüber an, aber des Abends, am Wochenende, zugleich unterstellend, ihre eigenen Essenszeiten seien die allgemein verbindlichen.

Zeichen der Zeit. Die Miniatur des Bundesverdienstkreuzes gibt es nun als Anstecknadel: auch um Volk und Vaterland verdiente Persönlichkeiten haben keine Jacketts mit Knopflöchern mehr.

Alle fünfzig Jahre überfällt die Amerikaner das Bedürfnis nach einer neuen Prohibition. Zunächst war es der Alkohol, jetzt ist es das Rauchen. Was wird die nächste sein? Vielleicht meldet sich die Prüderie der Früh-Emanzipierten, die jetzt in die Jahre kommen.

Es gibt kaum einen schlimmeren Einbruch in die Privatsphäre, als jemandem beim Lesen eines Buches zu stören. Das geschieht aber gern, oft und ohne böse Absicht – die Leute ahnen ja nicht, daß man sich in besserer Gesellschaft befindet.

KULINARISCHES

Morgens wie ein Fürst, mittags wie ein Edelmann, abends wie ein Bauer. Eine Weisheit aus der Mottenkiste. Ich habe immer gefunden, daß das herzhafte Frühstück erhöhte Eßlust nach sich zieht; mittags macht sich der anerzogene Hang zum Altdeutschen bemerkbar, des Abends will ohnedies getafelt sein. Die meisten Diätvorschläge in Deutschland, gleichviel ob von Ärzten oder interessierten Laien ausgedacht, nehmen keine Rücksicht darauf, daß die Hauptmahlzeit in nachagrarischen Zuständen am Abend stattfindet, sondern gönnen dem Esser mittags die kräftigsten Subsistenzmittel, als gelte es, Schwerarbeiter oder Mittagsschläfer zu versorgen.

In früheren Jahrhunderten waren die Reichen immer dick, so wurden sie in Märchen und auf alten Bildern dargestellt, die Ärmeren ausgezehrt und dünn; heute ist es in den wohlhäbigen Gebieten umgekehrt.

»Internationale Küche«: Was heißt das? Wo weder gut französisch noch italienisch oder deutsch gekocht wird.

Völker, die ihre Zeit damit vertaten, die Welt zu erobern, haben nie kochen gelernt: die Holländer, Engländer, Spanier. Die Franzosen hatten genug Verstand, daß sie dann, wenn sie vor die Wahl gestellt waren, ein Weltreich zu verwalten oder weiterhin gut zu leben, lieber das Weltreich vernachlässigten.

Im Angesicht reicher spanischer Mahlzeiten. Ein Mann, der gut oder gern ißt, bleibt nur schlank, wenn ihn die Karriere dazu zwingt (wie bei Sportlern, ausländischen Militärs oder amerikanischen Geschäftsleuten) oder er noch sexuell aktiv sein will. Der ärztliche Rat allein bewirkt wenig, erzwingt höchstens, unter Minderung des Wohlbefindens, den gelegentlichen Anlauf zur Abmagerung.

Japanische Küche. Es ist richtig, daß die Japaner die niedrigste Herzinfarktrate der Welt haben. Es ist auch richtig, daß sie beim Magenkrebs an der Spitze liegen.

Die größten Freuden entstammen dem überwundenen Ekel, sagt der Marquis de Sade. In der Tat ist noch kein Mensch mit einer Vorliebe für Austern, Schnecken oder Krebse auf die Welt gekommen. Dergleichen Getier zu genießen, ist Sache von Erziehung und Gewöhnung. In den nördlichen Breiten gibt es auch einen Abscheu vor Kutteln, die aus der gehobenen wie der Volksküche völlig verschwunden sind, obgleich sie doch in süddeutsch-saurer Weinsoße, als Tripe à la mode de Caen oder Callos madrileños vorzüglich schmecken; aber sie gelten als eklig, sind billig und haben kein Prestige. Einst wurde mir in einem berühmten chinesischen Gasthaus als Spezialität ein Ragout von Schildkrötenpenissen angeboten. Da mußt' ich mich versagen, nicht aus Ekel, eher aus geheimer Solidarität.

»Von dem infamen Kohlgericht hatte ich nur eine Zungenspitze genossen«, teilt der alte Herr von Studnitz bei der Rückkehr an die Tafel mit und fügt als Frucht lebenslangen Reisens hinzu, daß sich in fast allen Ländern die Qualität der Speisen und die der WCs umgekehrt verhielten; so will er in entlegenen Gegenden des nordamerikanischen Kontinents Toiletten von der Bequemlichkeit gut ausgestatteter Altersheime gefunden haben.

Der Volkskanzler Ludwig Erhard hatte einmal ausstreuen lassen, daß er Liebhaber des Pichelsteiner Topfes sei und er, der sich einmal als den Querschnitt des deutschen Volkes bezeichnet hatte, diesen Querschnitt der deutschen Küche aller anderen Speise vorziehe. Daran hat er jahrelang leiden müssen. Denn da er noch ein Politiker war, den die

Deutschen liebten, setzten sie auf seinen Reisen ihren Stolz darein, ihm mit dem kräftigsten Pichelsteiner gefällig zu sein; er mußte aufessen, was er sich eingebrockt hatte. Wohl dem, der kein Image braucht.

Daß ältere Leute einander nach dem jeweiligen »Abendbrot« auf ein Glas Wein einladen, ist ein Erinnerungsstück daran, daß Preußen-Deutschland vor der großen Niederlage bis in großbürgerliche Schichten ein sehr armes Land gewesen ist; selbst ein »höherer« Beamter, ein Gelehrter, konnte keine Gastlichkeit pflegen, wie sie bei den westlichen Nachbarn der gleichen Schichten seit langem üblich geworden war.

Marketing-Idee. Partner-Food: Für Herrchen und Hund.

Die opulenten Frühstücke sind in den Ländern entstanden, wo die Küche im übrigen wenig zu bieten hat.

Ein deutscher Sonderweg. Zum Frühstück gibt es in unseren Hotels keinen Toast.

Auf jeder Zigarettenpackung warnt der Bundesgesundheitsminister vor dem Genuß. Das ist schon recht, aber warum warnt er dann nicht vor anderen Risiken? Er schreibt nichts auf die Schnapsflasche, nichts zum Wein, den die Sonne verwöhnt, kein Stempel auf dem Eisbein, kein Fähnchen auf der Schlagsahne; auf dem Weißbrot würde man sich die Empfehlung wünschen, daß Vollkorn besser tut. Schließlich ist, was dem mündigen Bürger zu munden hat, Sache der Obrigkeit.

Das Schlimmste im Leben sind doch die festlichen Anlässe. Jeder sagt, wenn's vorbei ist, aufatmend: das wäre geschafft! – und wendet sich dem Alltag zu. Alkohol muß bei Festen eingesetzt werden, weniger um Stimmung zu machen, als um die sonst fast unvermeidliche Depression hintanzuhalten.

Einen Abend lang sauren Wein getrunken; der Hausherr freilich beteuert, daß es sich um das reine Naturprodukt handle, das man unbedenklich und ohne die Befürchtung anschließenden Kopfschmerzes trinken könne. Wohl wahr! Es kann leicht rein bleiben, was immer schon schlecht gewesen ist.

Bier: die Rettung vor anderer Leute Wein.

Dringendes Bedürfnis: ein wohlschmekkendes, belebendes Getränk ohne Alkohol, das ein Erwachsener einen Abend lang trinken kann. Wenn es doch noch Teegesellschaften wie im 19. Jahrhundert gäbe!

Von einem Auflauf ist nichts zu erhoffen, weder dem von Nudeln noch dem von Menschen.

VOM REISEN

Bei schlechtem Wetter sollte die Republik einige Monate geschlossen und wie eine altmodisch-feine Regierung an einen Sommersitz verlegt werden.

Reisen muß angenehm gewesen sein, bevor es technisch komfortabel wurde.

Wenn einer eine Reise tut, dann kann er was erzählen. Wenn alle reisen, hat keiner was zu erzählen; und versucht er's doch, will's niemand hören.

Der Reisende hüte sich vor den herrlichen Aussichten. Mancher Hotelier verläßt sich darauf, daß das Auge in die Ferne schweift und des Zimmers, des Tellers nicht achtet.

Luxushotels nennt man solche, deren Komfort nur wenig hinter dem Zuhause zurückbleibt.

Wenn ich nicht erster Klasse verreisen kann, bleib ich lieber erster Klasse zu Hause.

Es gibt Leute, die dienstlich, auf Reisen oder im Restaurant, einen höheren Lebensstandard haben als ihren privaten und andere, bei denen der Lebensstandard privat ebenso erfreulich ist oder noch höher. Der Unterschied der Klassen ist leicht an den Ehefrauen abzulesen, sobald sie einmal wahrzunehmen sind. Die erste, durch Berufsleben privilegierte Klasse, wächst, wegen der Steuerpolitik. Die großen Hotels, die Erstklaßabteile der Flugzeuge sind voll mit Leuten, die auf eigene Kosten so komfortabel nicht leben würden, erst recht nicht, wenn sie unterwegs mit Familie sind. Schon kommen entmenschte Charaktere vor, die eine Dienstreise mit Gattin unternehmen und diese hinten einsteigen lassen, während sie selber den gewohnten Platz einnehmen.

Wer seine Ruhe lieb hat, soll in der Stadt bleiben. Er kann sie dort kaufen, wie so vieles andere auch, nach dem er auf dem Dorf vergeblich verlangt. Die ländliche Idylle ist ein Traum von Asphaltliteraten, wahrscheinlich war sie's schon immer.

Zu den Weltstädten gehört ihre Selbstverliebtheit. In Paris kann man nichts Besseres über Menschen oder Sachen sagen, als daß sie sehr pariserisch seien. Analog London und New York, wenn auch die Wörter fehlen. Bei deutschen »Weltstädten«, die es sein wollen, kommt der Anspruch zu angestrengt daher. Nicht nur zugereiste Münchner oder Hamburger stehen unter Beteuerungsdruck: und »Weltstadt mit Herz« ist keine geringere Eselei als das gern gelüftete Inkognito der feineren Hamburger, sie seien irgendwie britisch vornehm; was Hamburg in Wahrheit angenehm macht, ist die Ansammlung solider norddeutscher Eigenschaften, auf der Linie Stockholm – Amsterdam.

In London findet eine Aufteilung der Reisenden in Briten, EG-Angehörige und den Rest der Welt, von Ruanda bis Amerika, statt. Das ist nicht nur praktisch, es erhebt auch das europäische Gemüt. Diese Teilung der Weltbevölkerung möchte man auch auf deutschen Flughäfen sehen – wer in die eigene Heimat zurückkehrt, will nicht anstehen müssen wie irgendwer.

Von Detroit bis Fort Mayers trifft der europäische Reisende auf die felsenfeste Überzeugung der Amerikaner, sie hätten den höchsten Lebensstandard der Welt, und ihre geheime Überzeugung, daß jeder, der an den amerikanischen Vorzügen nicht teilhabe, doch von der Sehnsucht zerfressen werde, auch Amerikaner zu sein. In diesen Meinungen darf man sie nicht stören.

Wirkung des Urlaubs: braun und blöd. Langsamkeit und Dumpfheit Folge des Strandliegens. Wo die Wellen Konversation machen und man im Sand liest statt im Buch.

Am Wochenende auf Sylt. Das ist der einzige Platz, wo Deutschland sich in den Ferien weltläufig – weltläufig nach der Art von St. Tropez, versteht sich – begegnet und unter sich ist.

Lebensweisheit des Massentourismus: im Sommer in die Hitze, im Winter in die Kälte reisen.

Deutschland ist ein Land, in dem man einen Abenteuerurlaub mit Gepäckversicherung buchen kann.

Wenn Reisen bildete, müßten wir das Volk der Dichter und Denker sein.

TUGENDEN UND LASTER

Wer Ethos sagt, hat die Moral schon hinter sich.

Die Geschichte der Moral ist die ihres Niedergangs. Jede Epoche hat von der vorhergehenden das Gefühl gehabt, daß die Dinge ordentlicher gewesen seien.

Die doppelte Moral ist längst eindeutig geworden.

Die großen römischen Schriftsteller trauern den unverdorbenen Sitten ihrer Ahnen nach. Die Frage, ob Zeiten der politischen und moralischen Reaktion sich auch als moralischer empfunden haben, z. B. die französische Restauration im Hinblick auf die Libertins der Französischen Revolution oder auch schon Napoleon im Vergleich zur revolutionären Epoche oder Friedrich Wilhelm II. nach dem aufklärerischen Zeitalter Friedrichs des Großen, ist so wenig zweifelhaft wie die Überlegenheit des frommen Sünders über den sittenstrengen Atheisten. Gewiß ist auch die subjektive Tugendhaftigkeit der Nazis gegenüber der verderbten Weimarer Republik.

Die Zeiten der Wiederherstellung von Moral, das heißt der Abkehr, Abwehr von Dekadenz, sind meist Perioden der Re-Barbarisierung oder einer vom Staat hergestellten öffentlichen Moral, d. h. der Heuchelei.

Nichts Lästerigeres als ein Sünder, der Buße getan hat – selbstgerechter als alle Gerechten.

Wer einmal lügt, dem glaubt man nicht. Das ist richtig. Wer aber immer lügt, hat ganz gute Chancen.

Ein Honoratiorenkartell zum Zweck des Rufmords an einem Verabschiedeten. »Der hat Dreck am Stecken«, wird geraunt. Ja, was soll er denn anders, wenn er durch euren Morast waten muß?

Für ein Ereignis können mit völliger Gewißheit die nicht verantwortlich gemacht werden, die gleichzeitig oder nach seinem Eintritt geboren worden sind – aber gerade sie werden haftbar gemacht, machen sich selbst dazu.

Die Dinge nehmen, wie sie sind, ist das Motto von Dieben.

Der verläßlichste Verbündete der Tugend ist die Feigheit.

Die Tapferkeit ist die einzige Tugend, die sich der Heuchelei entzieht. Kein Wunder, daß sie nicht in hohem Ansehen steht.

Ein höflicher Mensch kokettiert lieber mit seinen Lastern als mit seinen Tugenden.

Sich selbst einschließen können, ist Freiheit.

Die anständigen Leute werden immer anständiger, während die anderen vergnügt verkommen.

Aus dem kommerziellen Leben weiß man, daß viele Leute pleite wären, wenn sie ehrlich bilanzierten. In der moralischen Welt kommt viel Unglück daher, daß Menschen es im Privatleben glauben tun zu müssen. Die Tatsache, daß Welt und Menschheit noch bestehen, kann auch darauf zurückgeführt werden, daß eben nicht gewissenhaft saldiert, sondern dies sorgsam vermieden wird. Das Leben geht weiter, weil all die ungedeckten Schecks und Kellerwechsel weitergegeben und prolongiert, aber nie präsentiert werden.

Zu unserer öffentlichen Heuchelei. Die katholische ist mit bloßem Auge wahrnehmbar, die protestantische gut camoufliert. Die katholische ist altmodisch, die öffentliche Verneinung des Lasters vor der Tugend; die protestantische die Verbeugung der Tugend vor dem Laster. Seit langem ist die protestantische dominant.

Wer schläft, der sündigt nicht. Die Umkehrung hat auch was für sich: wer nicht sündigt, schläft.

Ein für allemal. Die Tugenden, die Laster, die Eigenheiten eines Menschen haben wenig Zusammenhang. Das Erstaunen darüber, daß ein großer Mann andernteils ein kleiner Lump sein könne, ist ganz unbegründet. Der betrügerische Bankier mag ein guter Liebhaber, ein zärtlicher Vater sein; der Sittenstrolch ein tapferer Patriot; das liederliche Weib doch auch eine treusorgende Mutter; der verläßliche Freund ein Verräter des Vaterlands; der hingebungsvolle Arzt ein sadistischer Chef. Ein aufrichtig Frommer hängt dem Geiz an oder der üblen Nachrede und versteht das eine als Sparsamkeit, das andere als Pflicht, dem Sittengesetz öffentlich Anerkennung zu schaffen. Daß die Größe des Philosophen, des Künstlers, des Forschers mit der menschlichen einhergehe, ist eine allgemeine Erwartung, in Wahrheit erfreulicher Zufall.

Daß die Verwalter der öffentlichen Moral auf die private pfeifen, ist selbstverständlich geworden; neu das Geschrei der vielen nach »politischer Kultur«, bei denen persönliche nie auffällig geworden ist.

Die Pedanterie ist ein geringes Laster, aber eine fürchterliche Tugend.

Gute Eltern lehren die Kinder: Du sollst nicht lügen. Sie vergessen, das Kind zu lehren: Du mußt nicht jede Frage beantworten.

DIE ROLLE DER GESCHLECHTER

Es wird von einer Ansammlung von Menschen »beiderlei Geschlechts« berichtet. Groß kann sie nicht gewesen sein.

Eine Frau könnte einen Kopf wie Clausewitz und Charisma wie Napoleon haben, Armee und Feldzüge würden ihr nicht anvertraut, die Tage der Penthesilea und der Jeanne d'Arc sind vorbei.

Warum Neben-Buhler? Der Ehemann buhlt schon längst nicht mehr.

Die neue Moral. Es gibt keine Liebschaften mehr, es sei denn als Vorlauf zu einer neuen Ehe.

Die Familienrechtsreform hat die Ehescheidungen erleichtert, die sich aber nur Mittellose noch leisten können.

Den Prozeß, durch den sich Freiheit des verheirateten Mannes wieder herstellt, nennt man Emanzipation der Frau.

Weltleute wollen bemerkt haben, daß Ehemänner auf Abwegen oft von Angst geplagt werden, dabei aber unvorsichtig sind, während Ehefrauen im gleichen Fall umsichtig und skrupellos zu Werke gehen.

Der einzige Geiz mit Sozialprestige ist der sexuelle. Niemand erwartet vom auf die einsame Insel verschlagenen Ehemann, daß er die Gattin dem bedürftigen Mitverschlagenen erlaube, selbst wenn sie einverstanden wäre. – Der Sexualneid ist oft ein milder, der Neider wäre schon mit dem Mitbesitz zufrieden.

DEUTSCHE UND ANDERE MENSCHEN

Die Bundesrepublik Deutschland ist ein übelgelauntes Land, aber ihre Einwohner sind glücklich und zufrieden.

Die Protestanten neigen dazu, Katholiken für falsch und verschlagen zu halten; die Katholiken empfinden pflichtbewußt-protestantische Haltung als freudlos und säuerlich.

Was ist deutsch, wer ist Deutscher? In den amtlichen Antworten steckt noch immer der völkische Wurm. Noch der unzweifelhaft Deutsche, von Geburt an mit entsprechendem Papier versehen, soll beim Eintritt in wichtige Ämter bis zum Großvater den Nachweis erbringen, daß der's schon gewesen. Deutscher sollte sein, wer es sein möchte, deutsch zu reden, zu schreiben versteht und der deutschen Zivilisation verbunden ist, mag er schwärzlich, gelblich oder weißlich sein. Daß nur die Deutschstämmigen echte Deutsche sein können, ist ein barbarischer Aberglaube.

Im Gegensatz zu fast allen Völkern gibt es für deutsche Kinder und Erwachsene nicht ein einziges Fest, das nicht christlichen Ursprungs oder christlicher Tradition wäre; der 3. Oktober ist kein Fest, sondern ein Besinnungstag.

Während die Deutschen vom Oktoberfest über den Hamburger Dom, den Dürkheimer Wurstmarkt und den Karneval alle möglichen Feste bereitwillig feiern, ob sie nun fallen oder nicht, zelebriert der Staat mehr Staatsbegräbnisse und Staatstrauern als der übrige bewohnte Erdkreis zusammen.

Die kulturelle Vermittlung zwischen Ost und West, Nord und Süd ist eine große Leistung Deutschlands gewesen, aber in der Politik war es doch unangenehm, daß die Brücke Deutschlands auch von den anderen begangen wurde.

Als Deutscher hat ein Deutscher oft kein Selbstbewußtsein (und ein gemeinsames haben die Deutschen jedenfalls nicht), aber als Hanseat und Bayer hat er eines, ungebrochen.

Das Selbstbewußtsein der Deutschen ist dadurch charakterisiert, daß es ihnen an Selbstbewußtsein fehlt.

Weizsäcker verkörpert in einer schon idealtypischen Weise die Ansprüche, die das gegenwärtige deutsche Publikum an einen Politiker in verantwortlicher Position stellt. Er sieht richtig aus, er bewegt sich gewandt und spricht gebildet, hat aber auch zugleich die Gabe, sich volkstümlich zu geben; er kann mit fremden Staatsmännern in deren eigener Sprache reden. Kurzum: er verkörpert ein ganz eigentümliches Ideal, das wir sonst in Deutschland nicht gepflegt haben. Er ist sozusagen die Spätgeburt einer spezifisch deutschen Spielart von Gentleman, die wir sonst in unserer Politik kaum antreffen.

Kohl erscheint den Deutschen oft als ein Mann, in dem sie sich nicht wiedererkennen wollen, bei dessen öffentlicher Darstellung als deutschen Regierungschef sie sich geniert fühlen.

Die Abneigung, sich zu entscheiden, Partei zu ergreifen, die ausschließlich für das politische Verhalten der Deutschen kennzeichnend ist, führt oft zu elegant kaschierten Formen der Enthaltung oder nicht kaschierten Zustimmungserklärungen an die Inhaber entgegengesetzter Standpunkte.

Bonn: Das politische Zentrum eines Landes, dem die Politik nicht das Wichtigste ist. »Die Politik ist das Schicksal«, sagte einst Napoleon; durch Bonn ist er hindurchgeritten.

Bonn zeigt gewissermaßen den Begriff Hauptstadt auf das logische Minimum reduziert. Noch weniger wäre nicht denkbar, ohne daß die Bezeichnung Hauptstadt unanwendbar würde.

Bonn ist immer eine Beamtenstadt gewesen und bildet aufs glücklichste den Rahmen für eine politische Kultur, die auf der Mentalität von Beamten und Angestellten aufbaut.

Die Bundesrepublik ist Kredit-, nicht Ideengeber, formuliert kaum eigene Interessen, sondern verlangt höchstens »interests« in der Kaufmannssprache, also Zinsen.

Die Bundesrepublik Deutschland hat sich aus Asche des Reiches gebildet, aber sich nicht in die Lüfte gehoben, sondern in der Asche Platz genommen wie in einem Nest.

Das Prestige unseres Landes draußen hat sich umgekehrt zum Bruttosozialprodukt entwickelt.

Ein anständiger Deutscher liebt Probleme mehr als ihre Lösungen.

Noch unter jedem Regime gehörte der Maulkorb zur korrekten deutschen Straßenkleidung.

In Deutschland ist es wichtiger, Verständnis zu haben als Verstand.

Deutschland ist das Land, wo die Ungebildeten anmaßend sein dürfen.

Gibt es ein andres Land, in dem die Randgruppen im Mittelpunkt stehen?

Ein moderner Deutscher will nicht als Individuum erscheinen, sondern ein Image haben.

Deutschland, früher als das Land der freiwilligen Hilfspolizisten bekannt, ist eine zuweilen peinliche pädagogische Provinz, in der beinah jedermann jeden anderen über beinah alles zu belehren vermag. Natürlich gibt es dabei Arbeitsteilung. Wer Sexualmoral verwaltet, ist am besten Zölibatär, wer den Eltern sagt, wie sie die Kinder erziehen sollen, hat am besten selber keine, die verkehrserziehende Obrigkeit fährt selbst mit Chauffeur, den Unternehmer belehren die Beamten, und Bankiers ermahnen die Arbeitnehmer zum Maßhalten.

Im Deutschen kann man jemandem übelwollen, indem man ihn zum besten hält.

Der Gerichtssaal ist einer der wenigen Orte, wo sich in Deutschland noch Obrigkeit zelebriert.

»Wer zu spät kommt, den bestraft das Leben.« Gorbatschows Ausspruch ist bei uns gleich ein geflügeltes Wort geworden. Wir sind ein pünktliches Volk und stolz darauf.

Es ist ein Signal von Macht, wenn jemand sich im internationalen Umgang nur der eigenen Sprache bedient. Die Völker, die sich zur Herrschaft beriefen, haben sich immer darauf verstanden: die Franzosen, dann die Engländer, dann die Amerikaner. Die Deutschen waren immer stolz darauf, Fremdsprachen lernen und sich darin ausdrücken zu können, und zählen es noch heute unter die Berufsvoraussetzungen ihrer Politiker, auf das Deutsche verzichten zu können.

AUS DEM NEUESTEN DEUTSCHLAND

»Deutschland ist größer geworden.« Aber nein. Eine Wiedervereinigung stellt ein geteiltes Ganze wieder her, aber vergrößert es nicht.

Vier Jahrzehnte hat es in Bonn ein innerdeutsches Ministerium gegeben, mit vielen Beamten, wissenschaftlichen Beiräten, einem ungeheuren Ausstoß an Schriftstücken, Gutachten, Pamphleten, Aufklärungsmaterial. Zur Wiedervereinigung, als sie endlich kam, hat es keinen Gedanken beigesteuert.

Berlin ist noch nicht Hauptstadt, und Bonn ist es schon nicht mehr. Der Genius des Politischen ist von der Stadt am Rhein gewichen. An beiden Plätzen trifft man nun eine sich ähnlich werdende Geselligkeit an – ältere Herrschaften, in Würden ohne Amt, die einen die Zukunft erörternd, die sie nicht erleben werden, die andern die Vergangenheit, die keine Fortsetzung findet.

Es ist früh bemerkt worden, daß die Ankündigung von Kanzler und Koalition, es bedürfe keiner Steuererhöhung der deutschen Einheit wegen, falsch war – aber gedacht wurde dabei immer an die Finanzbedürfnisse der neuen Länder und den Haushalt der Republik. Doch falsch war die Ankündigung in einem fundamentalen Sinne. Das Beharren darauf, daß die deutsche Einheit die Deutschen nichts koste, hat sie in den Seelen der Deutschen entwertet und ihren Gewinn ins Alltägliche verbilligt. Kohl hat den Mantel des Weltgeistes mutig ergriffen und dann als Fetzen vor den lieben Deutschen geschwenkt.

Das Verhältnis der Brandenburger zu ihrem Stolpe ist dem der Sizilianer zu ihrer cosa nostra nicht unähnlich.

ZUR GESCHICHTE

Bismarck einigte die Deutschen zwar, aber bis heute sind sie nicht einig über ihn.

Die zwanziger Jahre sind die goldenen nicht für das Volk gewesen – da war es die Zeit der Inflation, der Straßenkämpfe und Putsche, der parlamentarischen Wirren. Die goldenen Zwanziger gab es auf der Bühne Max Reinhardts, in der liberalen und radikalen Publizistik, in der neuen Musik, im Film, im Glanz der Hauptstadt Berlin, im internationalen Ruhm einer Institution wie der des Bauhauses, in großen Anläufen in der Dichtung, nicht zuletzt in der Politisierung der Intellektuellen, der keine Intellektualisierung der Politik entsprach.

Nachdem die erste Strophe definitiv überholt war, erklärte Reichspräsident Ebert das Deutschlandlied zur Nationalhymne.

Der Deutschenhaß ist älter als Hitler und jünger als Bismarck.

Daß Churchill tatsächlich weiterblickte als Roosevelt und das Geschichtsbild stärker prägte, liegt vornehmlich daran, daß er länger gelebt hat.

In der »National Review« ein Umfrageergebnis gefunden. Dreiundzwanzig Prozent der amerikanischen Schuljungen halten Stalin für einen Deutschen.

Wir sollten aus der Geschichte lernen, die wir nicht gemacht haben.

Der sogenannte Nationalcharakter ist keine Konstante der Geschichte, sondern eine Variable.

Die Juden haben recht und schlecht unter Moslems wie unter Christen überlebt. Das ist das Mirakel des Hauses Israel. Wenn seine Geschichte einmal sub specie aeternitatis geschrieben ist, wird nicht die Verfolgung hervorragen, sondern die Duldung, die dem Volk zuteil wurde, das allen anderen sagte, daß es das auserwählte sei.

In der Monarchie durfte an die Majestät ohne Erlaubnis keine Frage gerichtet werden. In der Demokratie darf jeder jeden fragen, und niemand darf niemandem eine Antwort verweigern.

DIE NS-ZEIT

Der Diktator als arbiter elegantiarum. Hitler haßte Juden, Slawen, die westliche Zivilisation, den Wein und den Tabak, die römische Jurisprudenz, das Christentum, die Intellektualität in den Künsten; er liebte Volkstum, Brauchtum, Schäferhunde, Eintopf, Vollwertkost und Massenversammlungen. Im ganzen ein zuverlässiger Geschmacksführer: das Gegenteil ist schon recht.

In amerikanischen, englischen, französischen und japanischen Science-fiction-Filmen oder Spionageromanen spielen die eigenen Militärs und Geheimdienste die wichtigste Rolle, der Held gehört der eigenen Nation an und dient ihren Zwecken. Bei den Deutschen wäre das ganz undenkbar, wir haben in unseren Seelen politisch abgedankt, die bedingungslose Kapitulation verinnerlicht.

Während die USA die Vergangenheit in Geschichtsschreibung bewältigen, können es junge Deutsche durch Ignoranz. Helmut Kohl widerfuhr es kürzlich, daß ihm, den Hitler-Stalin-Pakt als eine Voraussetzung des Völkerschlachtens erwähnend, »Aufhören mit den Greuelmärchen!« entgegentönte – von dem Pakt hatte man nie gehört, ins linke Weltbild paßt er tatsächlich nicht gut, also hat es ihn nicht gegeben.

Während die USA sich schon über Rassismus in Deutschland entrüsteten, war noch in neunundzwanzig Staaten die Heirat zwischen Weißen und Schwarzen verboten.

Geschichte schreiben ist eine Art, sich das Vergangene vom Halse zu schaffen, hat Goethe gemeint. Wir sind weiter als 1945 davon entfernt, die Geschichte des Nationalsozialismus zu schreiben: Wir wollen ihn uns vom Halse schaffen, aber als Schuld soll er gegenwärtig bleiben.

Man wollte es gerade nicht machen wie die Nazis; und darum blieben die Nazis im Amt.

Beim Lesen Hitlerscher Äußerungen: Die Menschen lügen gern, wenn sie Gutes über sich und andere sagen; die Bosheit, bis zur Androhung der Vernichtung, ist ehrlich und ernst gemeint.

Die Verwaltung der deutschen Schuld und die Pflege des deutschen Schuldbewußtseins sind ein Herrschaftsinstrument. Es liegt in der Hand aller, die Herrschaft über die Deutschen ausüben wollen, drinnen wie draußen.

Deutschland hatte sich einige Jahrhunderte lang durch die Fraktur isoliert, bis Hitler sie am 3. Januar 1941 mit der Begründung abschaffte, es seien »Schwabacher Judenlettern«. Sein wahrer Grund war dieser Unfug nicht, sondern der Wille, das neue Europa anzuführen, zu welchem Zweck man sich dem Kontinent mußte mitteilen können. Historisch betrachtet, hat Hitler eine Sonderrolle Deutschlands zwischen Ost und West beseitigt und die Deutschen dem Westen zugeschlagen.

Der deutsche Zusammenhang von Schulden und Schuld ist mir immer verdächtig gewesen; er hat viele Seelen für die Geschäfte der Welt untüchtig gemacht. Er wird auch nicht kompensiert durch den erfreulichen Zusammenhang, der zwischen den Wörtern Erlösung und Erlös besteht. Schuld hatte man ja selbst, Erlösung war unverdiente Gnade.

POLITIK UND POLITIKER

Es ist ein bekanntes Phänomen gerade in Deutschland, daß jemand, der in seinem eigentlichen Beruf exzelliert, nicht daran denkt, in die Politik zu gehen.

Wenn die Mitte nicht größer, nicht mächtiger ist als die Peripherie, dann ist sie nur der Standort zwischen den Stühlen.

In der Politik hat das Leistungsprinzip durchaus einen Platz, nur wissen erst die Historiker, welchen.

In Luxemburg könnte ein politisches Genie wie Bismarck geboren werden – es brächte es höchstens bis zur EG-Kommission.

Daß der gute Wille allein wenig fruchtet und oft genug Übles hervorbringt, weiß die Menschheit längst, nur die Ethiker wollen es nicht wahrhaben; ebenso ist aller Welt vertraut, daß weniger oft mehr gewesen wäre. In der Politik fällt das Weniger häufig mit dem Besseren zusammen – weniger Gesetze, weniger Geschäftigkeit wäre mehr. Einjährige Ferien für die Parlamente könnten eine Wohltat sein – gar nicht auszudenken.

Die Politik ist nicht, wie Mephistopheles im »Faust« von sich behauptet, ein Teil von jener Kraft, die stets das Böse will und stets das Gute schafft, sondern fast das genaue Gegenteil. In demokratischen Zeitläuften herrscht der gute Wille, das Bedürfnis, dem Volke Gutes zu tun, damit es sich seinen Wohltätern am Wahltag erkenntlich zeige.

Soziale Konflikte werden durch üppige Kompromisse beendet, ehe sie eigentlich ausbrechen. Politik dient, wie die neudeutsche Phrase sagt, dem Menschen, will heißen: seinem Wohlstand und seinem Wohlbefinden, erst der Mehrung des Sozialprodukts, dann der Verteilung.

Die siebziger Jahre hatten als das Jahrzehnt der Verheißungen begonnen, als das der Enttäuschungen gingen sie zu Ende. Das gilt für alle Seiten: für die linken Utopisten, die noch schneller mit dem Latein am Ende waren, als sie es in den Schulen abschaffen konnten, wie für die konservativen Beschwerdeführer, die aus dem Scheitern ihrer volksbeglückenden Gegner auf eine Tendenzwende schlossen; ein Kater macht aber noch keine Bekehrung.

Bei einer physiognomischen Betrachtung käme die deutsche Politik schlecht weg. Unsere Herrschaften scheinen das zu spüren – vielleicht sind sie so ausgesucht schlecht gekleidet, damit ihre Gesichter nicht auffallen.

»Wir haben über unsere Verhältnisse gelebt.« Das sagen Politiker landauf, landab. Ich habe nicht über meine Verhältnisse gelebt, sondern alle Rechnungen bezahlt und kenne beinah niemanden, bei dem es anders wäre. Als es den Deutschen sehr gut ging, waren sie zudem das sparfreudigste Volk der Erde. Was hätten sie mit ihren Einkünften anfangen sollen, statt das Geld auszugeben oder aufzuheben, um nach ihren Verhältnissen zu leben? Eine Pflicht, die Banknoten zu verbrennen, ist nie statuiert worden. Die Wendung, von pfiffigen Politikern ausgedacht, von wohlgestellt Wohlmeinenden gedankenlos nachgeplappert, soll dem Volk das schlechte Gewissen machen, das seine Vertreter haben müßten: der Staat hat über seine, über unsere Verhältnisse gelebt und auf Betreiben der ihn Betreibenden die Wohlfahrt organisiert, die jetzt als Übelstand allerorten sichtbar ist.

Lebte Pontius Pilatus heute, so könnte er Hüter der Verfassung werden. Er würde der Basis geben, was sie verlangt, und seine Hände in Unschuld waschen.

Ein Politiker versteht sich aufs Geldabpressen und Geldausgeben, nicht aufs Geldverdienen, handelt nicht mit Waren, sondern mit Überzeugungen und wirbt, nicht um verkaufen, sondern befehlen zu können.

Man muß nicht integer sein, um Integrationsfigur zu werden.

Wenn einer sagt, es sei »eine politische Lösung« vonnöten, meint er, es sei gar nichts vonnöten, zumindest keine eigene Aktivität.

Wen es in die Öffentlichkeit verschlägt, der sollte sich beizeiten einrichten, ob er lieber den Neid oder das Mitleid der Umwelt ertragen will.

Wer keine Grundsätze hat und kein Programm, gibt sich ein Grundsatzprogramm.

Sozial ist das, wogegen sich kein Widerspruch erheben darf, sozial ist das, was Stimmen bringt, zu dessen Vertretung kein Politiker auch nur ein Fünkchen Mut braucht. Gegen das Soziale ist kein Einwand möglich, außer allenfalls der, daß es derzeit nicht finanzierbar sei – ein Einwand auf Zeit, denn dahinter steht, daß es eigentlich geschehen müsse.

In einer richtigen Demokratie wählt das Volk seine Vertreter, aber achtet sie gering.

Politiker zu kaufen, ist altmodisch; in der modernen Demokratie kauft man Wähler.

Gegen alle Pessimisten: Wir sind eine echte Demokratie geworden. Das Gesindel darf nicht nur überall mitreden, es führt das große Wort.

Besserverdienende heißen in Bonn diejenigen, die man noch schröpfen kann, ohne daß sie sogleich der Fürsorge zur Last fallen.

Neulich jemanden getroffen, der wirklich nicht wahrhaben wollte, daß Politik ein schmutziges Geschäft ist und an die fromme Floskel glaubte, daß in ihr edle Menschen am Volkswohl arbeiten.

Eine ordentliche konservative oder liberale Regierung kann nur bestehen mit einer halbwegs blühenden Volkswirtschaft. Mißwirtschaft und Massenelend können nur von einer missionarischen Herrschaft überspielt werden (des Nationalismus, des Sozialismus, des religiösen Eifererturns). Die einen profitieren von der Verheißung, die anderen sind auf Leistung angewiesen.

»Beifall aus der falschen Ecke.« Dummer Vorwurf aus derjenigen, die zu faul oder zu feige zum Klatschen ist.

Das rhythmische Klatschen, ein Ersatz für den Gleichschritt.

In der Demokratie heißt es: mit den Schafen heulen.

Ein führender Politiker beteuert bei jeder Gelegenheit, daß er dem Freund-Feind-Denken abhold sei. Damit will er sich nicht einschmeicheln; tatsächlich können die Freunde sich nicht auf ihn verlassen, brauchen die Feinde ihn nicht zu fürchten, und er erhält sich an der Macht, indem er sie möglichst wenig gebraucht.

Bei Leuten, die nicht für sich selber handeln, sondern als Sachwalter Gottes oder des Volkes, der Revolution oder des Weltgeistes, ist Vorsicht am Platze.

Ein Reich, in dem die Sonne fortwährend untergeht.

Adressat von politischen Erklärungen ist in unserer Politik im allgemeinen nicht derjenige, auf den sie bezogen sind; Adressat ist immer der nicht anwesende Dritte, nämlich das Wählerpublikum.

Zum Umgang von Obrigkeit und rebellierender Jugend: Der Dialog der Sprachlosen ist die Prügelei.

Der Spruch »Gewalt ist kein Mittel der Politik!« ist ja nicht nur offenkundig falsch, sondern auch moralische Dummheit. War Gewalt gegen Hitler von Übel? War Gewalt schlecht gegen Saddam Hussein? Und brauchen wir nicht herzhafte Gewalt gegen die Jungnazis, die Einwanderer angreifen und uns alle beschädigen? Gewalt im Dienst des Rechts verdient nicht Verachtung, sondern Respekt.

Die Politik ist in Sprache und Handeln heute weit unter dem Niveau Bismarcks, während Wissenschaften und technische Fertigkeiten viel komplizierter, raffinierter und nuancenreicher geworden sind. Im Bundestag könnte kaum einer an einer zeitgenössischen intellektuellen Diskussion mitwirken, eine Kommunikation mit dem geistigen Milieu wird nicht mehr versucht.

Von den politischen Institutionen gehen keine Impulse mehr aus, sie verarbeiten sie nur noch. Denkwürdig, daß Politik zur Domäne der Ungebildeten absinkt und es sich die Gesellschaft gefallen läßt. Die Bundesrepublik als postfaschistische Gesellschaft hat den antiintellektuellen Affekt des NS-Regimes mit Gusto übernommen; er besteht aber allenthalben.

In der Politik bekommt man mehr Schläge, wenn man den Kopf einzieht, als wenn man ihn herausstreckt.

Ein Politiker, der nur kurze Zeit amtiert und nicht beliebig wiedergewählt werden kann, braucht nicht um Wiederwahl zu kämpfen, muß nicht populär sein, ozeanische Projekte entwerfen, Wähler mit Zuwendungen ködern, die er ihnen aus der Tasche holt. Sein Pflichtgefühl kann sich darauf einrichten, das wenige Richtige zu tun.

Die Modernität Deutschlands, seiner Wirtschaft und Gesellschaft ist vor der inneren Struktur der Regierung und ihrer Apparatur stehengeblieben. Die Bundesrepublik wird technisch regiert mit den Mitteln, die auch schon Bismarck kannte. Doch war dessen handwerkliche Meisterschaft größer.

Wichtiger noch: Das Grundgesetz der Bundesrepublik wurde nicht von Revolutionären, sondern von Honoratioren entworfen.

Der Bürger ist Objekt öffentlicher Obsorge, ist Organspender, Steuerzahler, Gurtträger und Nichtraucher; für mündig halten ihn die Parteien nur in dem Augenblick, da er ihnen die Stimme gibt.

In der verzweifelten Suche nach Talenten müssen Parteien und angeschlossene Medien die Amtsinhaber schon nach kurzer Verweildauer in der Öffentlichkeit als Morgenröten politischer Zukunft ausschreien.

Der Bundestag ist heute vielleicht mehr als jedes andere demokratische Parlament kaum Ort der öffentlichen Meinung und vernünftiger Auseinandersetzung, sondern eine Tenne, auf der die Parteien die Dreschflegel schwingen.

STAAT UND MACHTHABER

Der öffentliche Herrschaftsapparat heißt öffentlicher Dienst.

Kein starker Kopf kann den richtigen Erben finden, man soll ihn bei der Auswahl nicht einmal anhören.

Die moderne Geschichte bietet nicht ganz selten den Anblick, daß die Intellektuellen des eigenen ewigen Diskutierens müde werden; sie begrüßen es dann, wenn die Diskussion von der Regierung beendet und der nächste Tagesordnungspunkt aufgerufen wird.

In den Lebenserwartungslisten stehen die Geistlichen immer ganz oben und die Gastwirte ganz unten. Vergessen werden die Regierenden. Daß einer, mag er auch alt und kränklich sein, von hinnen geht, während er die Macht in Händen hält, kommt selten vor.

Der absolute Machthaber ist auf Problematisierungen nicht angewiesen; sein Machtwort genügt, den beschränkten Untertanenverstand in das Reich des Privaten zurückzuweisen.

Politische Herrschaft braucht das Kalfaktorensystem – der Machthaber hält sich eine Truppe von privilegierten Gefangenen, um die anderen gefangenzuhalten.

Die internationale Bedeutung eines Staates verhält sich, scheint es, umgekehrt proportional zu den Auslandsreisen, die seine führenden Staatsmänner unternehmen.

Der große Mann braucht die Krise als Basis außerordentlicher Macht, aber nicht immer als Instrument zu ihrem Erwerb – sie wird ihm angetragen. Er wird oft geholt von jenen, die mit ihr nichts mehr anzufangen verstehen. Oder er reißt sie an sich, gestützt auf den Überdruß, die Verzweiflung am Status quo. Von Caesar und Oktavian bis zu Napoleon, Bismarck, Churchill, Hitler, de Gaulle sind alle so zur Macht gekommen.

Seit nicht mehr geglaubt wird, daß einer von Gottes Gnaden seine Mitmenschen regiert, dies vielmehr im Auftrag der Mitmenschen selber tue, denen darüber aber Zweifel kommen können, gehen die Machthaber in Festungen ihren Geschäften nach und zeigen sich den Völkern im Schutz von schwerbewaffneten Leibgarden, wie sie vordem kein Monarch benötigte.

Das Erfreuliche am demokratischen System ist nicht so sehr die Chance der Wahl, bei der regelmäßig eine größere Minderheit einer kleineren die Regierung vorschreibt, sondern die Chance der Abwahl, des Wechsels. Bei Präsidialverfassungen wie der amerikanischen, die dem Oberhaupt wachsende Machtfülle und Unabsetzbarkeit auf Zeit garantieren – es wird nur bei erkennbar kriminellem Verhalten, aber nicht aus Gründen politischer Zweckmäßigkeit aus dem Amt entfernt –, wird der politische Mord zum Bestandteil des Systems.

Ein angesehenes und machtloses Königshaus ist in einer Demokratie sehr nützlich – als Symbol der Ungleichheit und deren Legitimität. Eben dadurch trägt sie zum sozialen Frieden zwischen den Klassen bei. Die Unteren sehen, daß die Oberen zwar reich und mächtig sind und reicher und mächtiger werden können, aber dennoch die Spitze nie erreichen und daß der König dem Bürgertum so nah ist wie der Arbeiterschaft. Die Demokratien, die der monarchischen Fassade entbehren, müssen viel mehr soziale Gleichheit herstellen, sie werden gemach mittelständisch, kleinbürgerlich.

Staatskunst? Mit solidem Staatshandwerk wären wir schon zufrieden.

Schaden Skandale der Demokratie? Nur in einem Land, wo nicht Gouverneure, sondern Gouvernanten den Ton angeben.

Der allzu reiche Staat. Ein großer Sommer, ein prächtiger Herbst wurden manchem vergällt, weil allenthalben aus den Staatskassen überflüssige Hoch- und Tiefbaureparaturen an Straßen, Bürgersteigen, Verkehrsinseln ins Werk gesetzt wurden; und für eine Stunde Arbeit wird ein Tag lang umzäunt, gesperrt und umgeleitet.

Was Hegel nicht ahnte: Ein politisches System, dessen Legitimität mit Argumenten begründet werden muß, hält nicht mehr lange.

Beamtenloyalität. Was beim Regierungswechsel den Unbedingten als Verrat vorkommt oder wenigstens als Opportunismus, ist meist nur dasjenige Verhalten, ohne welches ein Staat überhaupt nicht regiert werden kann.

Alle modernen Bürokratien haben den Drang zur dauernden Vermehrung.

Demokratisierung bedeutet im Regelfall nicht Demokratie, sondern Oligarchie. Es sollen ein paar neue Gremien eingerichtet, ein paar neue Räte besetzt werden.

Ein schlecht gekleideter ist leicht ein schlecht gelaunter Polizist. Wie kann eine Polizei Eindruck machen, die sich geniert?

Gegen die Todesstrafe wird eingewendet, daß sie irreversibel ist. Irreversibel ist aber auch jede Freiheitsstrafe. Es gibt keinen gleichwertigen Ersatz, keine Entschädigung für die Lebenszeit, die ein Unschuldiger hinter Gittern verbracht hat. Wer Jahre seiner Jugend, seines Mannesalters eingebüßt hat, dem hülfe es nicht einmal, wenn die Justiz Längerleben im Alter anstückeln könnte.

Das moderne Prinzip der Schuld: Sie wird zugewiesen, niemand hat selber Schuld, keiner ist für das verantwortlich, was er selber tut, kann aber in Anspruch genommen werden für das, was andere tun.

»Die Kleinen hängt man, die Großen läßt man laufen.« In Wahrheit wollen die Kleinen, daß man die Großen laufen lasse, wie es dem Komplizen nützt, wenn der Täter straffrei bleibt.

Zu jeder Bürgerinitiative gehört ein Fundus von gutwilligen Empörten, die sich durch das beabsichtigte Vorhaben in ihren Rechten gekränkt fühlen und durch die Uneinsichtigkeit der Verwaltung entrüstet werden. Diesen Fundus braucht man, um die Teilnahme des allgemeinen Publikums zu erregen.

Oft sind Revolutionen Reformen vorzuziehen. Sie verändern weniger.

Die revolutionäre Gesinnung drückt sich zuerst im Haß auf das Schöne aus.

Der moderne Revolutionär greift nicht den Machthaber selbst an, die hochgestellten Staatspersonen, sondern erschießt den Wachtmeister, der an der Kreuzung seinen Dienst verrichtet. Er zündet nicht – nicht einmal aus der Entfernung – den Reichstag an, sondern ein Kaufhaus.

Je demokratischer eine Gesellschaft, desto bescheidener die öffentliche Rolle der Intellektuellen. In einer freien Wirtschaftsgesellschaft sind die Intellektuellen nur Teilnehmer an dem großen Markt der Meinungen, der Waren, der Unterhaltungen und schneiden oft nicht gut ab. Sie gedeihen hingegen im Schutz einer Autorität, die sich mit ihnen schmückt und der sie in Zustimmung und Widerspruch dienen. Weil der Markt keine Autoritäten zuläßt und keine Protektion bereitstellt, erfüllt er Intellektuelle vieler Schattierungen mit Abneigung, Furcht, Verachtung, Haß.

Die Menge an Gewalt in der Gesellschaft scheint konstant zu sein. Je mehr die Obrigkeit davon abgibt, desto mehr nimmt der lüsterne Untertan. Das einstige Gewaltmonopol des Staates wird parzelliert. Wenn die Lehrer nicht prügeln, tun es die Schüler.

Weiße Tücher in den Fenstern. Es fällt schon niemandem mehr auf, daß das nicht Zeichen des Friedens sind, sondern die Erklärung der Kapitulation.

ÖKONOMISCHES

Früher bekam nicht jedermann ein Scheckbuch, heute kriegt fast jeder eine Scheckkarte; der Scheck wird entwertet, wie die Kreditkarte durch ihre massenhafte Ausbreitung; schon ist in Amerika kein Einkauf mehr möglich ohne telefonische Bestätigung der Unbedenklichkeit. Ein weltweites System will Geschäfte mit allen machen und kujoniert der Schwindler wegen alle ehrlichen Leute.

Man kann den Gürtel nicht enger schnallen, solange die Bäuche dick sind.

Neuerdings qualifiziert sich ein Arbeitsplatz hauptsächlich durch seinen Freizeitwert.

Der Sache nach sind Entwickelte und Unentwickelte leicht auseinanderzuhalten, auch ohne Blick aufs Bruttosozialprodukt. Länder, in denen privater Wohlstand nur errungen werden kann durch unmittelbare oder mittelbare Teilnahme an der politischen Macht, müssen als unentwickelte Länder gelten; die anderen Länder, in denen wirtschaftlicher Erfolg unabhängig von jeder Beziehung zur Politik möglich ist, sind diejenigen, die als entwickelt anzusehen sind: Es gibt eine bürgerliche Freiheit und Gesellschaft.

Ein Münchner Fabrikant gibt in der Hotelhalle zum besten: Wenn ich jemanden entlassen muß, sage ich es ihm kurz vor fünf, sonst hat er den ganzen Tag Zeit, sich zu wehren und mich umzustimmen.

Daran, daß einer gekündigt hat, ist noch kein Unternehmen zugrunde gegangen.

In der Schweiz kann jemand, der einen schönen alten Baum am Leben hält, von der Denkmalpflege sechstausend Franken bekommen. Schlägt er ihn danach ab, muß er tausend Franken Buße bezahlen. Es bleibt ihm die Schläueprämie von fünftausend.

Jeder Kunde glaubt, ohne es auszusprechen, daß es ehrliche Handwerker gibt und zu der kleinen Betrügerei neigende. Die alten Berufe gegen die neuen: Schreiner, Buchbinder sind solide Leute; man ist überrascht, wenn man einem Schurken begegnet. Anders hingegen im Kfz-Handwerk, bei Fernsehreparaturen und ähnlichen aufs Technische gerichteten Branchen; hier fühlt man sich übers Ohr gehauen, und wenn es nicht wahr ist.

Daß die Steuerbehörde nicht populär ist, hat sie mit den Schwiegermüttern gemeinsam, aber das negative Stereotyp gilt in beiden Fällen nicht der wirklichen Beschaffenheit, sondern dem bloßen Vorhandensein.

Goethe hat in seinen 83 Lebensjahren nicht mehr als 20 Ansprachen gehalten und nicht mehr angehört. Ein deutscher Manager erreicht diese Zahl in einem Jahr.

Den geringsten Zeitaufwand braucht ein Manager für die Tätigkeit, für die es ihn eigentlich gibt: Entscheidungen zu treffen. Der Tag wird von Sekundärtätigkeiten aufgezehrt, die disponibel sind oder es doch wären, wenn die Manager wollten.

Immer unterschied sich der Herr vom Knecht dadurch, daß er Herr seiner Zeit war und seiner Arbeit. Erst die Industrie hat Führungspersonal hervorgebracht, das zwar Herrschaft ausübt, aber nicht mehr aus Herren im richtigen Sinne besteht. Der Manager genießt sogar den Zwang der Routine und seine Kraft zu ihrer Bewältigung. Seine Rastlosigkeit ist sein Glück.

Toilette des Erfolgsmanagers – sich in rauhe Schale werfen.

Wer hierzulande auf die Welt kommt, erhält ein Sparbuch der Sparkasse mit einer kleinen Einlage zum Einstand ins Leben und lernt fortan, daß Sparen löblich, Ausgeben aber verdächtig ist.

Werden die Renten allzu machtvoll dynamisiert, bleibt bei jenen keine Dynamik mehr übrig, die sie erwirtschaften sollen.

Zur Steuerflucht: Niemand erinnert sich dabei, daß Fluchtbewegungen meist weniger gegen den Flüchtenden besagen, als gegen die Zustände, aus denen geflohen wird. Wer expropriiert wird, darf sich weder wehren noch klagen; das gute Gewissen der Expropriateure wirft ihm Eigennutz vor.

Die soziale Marktwirtschaft ist der Kapitalismus unter der auflösenden Bedingung des Massenwohlstands: wenn er den nicht mehr garantiert, dann ist es aus mit ihm.

Übrigens eine hübsche Petitesse der Historie, auch immer wieder eine Schulung der eigenen Gelassenheit, ja der Demut zu beobachten, daß nicht nur die Völkerschaften, die sich ihr Geld selber verdienen, wie die Araber, sondern auch die, denen wir es aushändigen, sich gleich den Luxus gönnen, vor dem wir schamhaft zurückschrecken, der uns zu teuer ist.

Geschäftsfreunde nennt man solche, die einander in guten Tagen übervorteilen und in bösen Tagen verlassen.

Überzeugungsarbeit, Bibelarbeit, Trauerarbeit, Sozialarbeit, Friedensarbeit, Bildungsarbeit, Beinarbeit (aber franz. jeu de jambe), Kopfarbeit, Jugendarbeit. Überall nimmt die Arbeit zu, nur nicht in der Arbeitswelt.

Am Rand der Diskussion über Wirtschaft und Religion tritt in der Mainzer Akademie die Frage auf, ob Marktwirtschaft im Himmel oder in der Hölle zu erhoffen sei. Die Antwort ist einfach: Marktwirtschaft gibt es nur hinieden; im Himmel fehlt es an der Nachfrage, in der Hölle am Angebot.

Ein reicher Mann kann eine arme Sau sein. Eine arme Sau kann aber kein reicher Mann werden.

Probates Heilmittel gegen einen Anflug von Depression: Eintauchen in die Konsumwelt, besinnungslos einkaufen.

Die eingebildeten Kranken werden von der Allgemeinheit gepflegt. Die eingebildeten Gesunden zahlen alles selber.

DIE MEDIEN

Das Zeitalter des Datenschutzes ist das Zeitalter der dreistesten Schnüffelei im Privatleben, die es je gegeben hat. Es gibt Zeitschriften, die sich beim Leser einschmeicheln, indem sie kraftvoll für das eine kämpfen und das andere ungeniert betreiben, oft in derselben Nummer.

Es gibt einen Historismus von anderer Art, nämlich im deutschen Feuilleton, das ohne die Gedenktage, Jubiläen, Vor- und Nachberichte der Veranstaltungen zur Wiederkehr von Geburts- und Todestagen verloren wäre.

Was ist eine Rezension? Ein Aufsatz über ein Buch, über dessen Inhalt man wenig, über dessen Verfasser man gar nichts erfährt, aber genug über den Rezensenten.

Das langweiligste Thema der Welt: wenn sich Journalisten über die Verantwortung der Presse äußern.

Gottlob gibt es in Fernsehprogrammen und auf Theaterzetteln ein paar Bezeichnungen, die den Unterhaltungssuchenden zeitig warnen. Wer »Schwank« liest, muß wissen, daß ihn Gräßliches erwartet. Das gleiche gilt für Kriminal- oder Gaunerkomödie. Auch für die unverfänglich klingende Ankündigung »Das kleine Fernsehspiel«.

Die gelernten Fernsehpolitiker sprechen apodiktische Prosa, reihen Behauptung an Behauptung und antworten auf Widerspruch mit Wiederholung – in anderen Worten versteht sich, weil es sonst ja auffiele.

Natürlich lassen die Politiker keinen Fernsehauftritt aus, der sich ihnen anbietet, aber nur wenige verstehen das Angebot wirksam zu nutzen, und nur wenige können Nachrichten produzieren, die für sie zusätzliche Publizität in Informationssendungen erzwingt.

Es ist typisch für das politische System der Bundesrepublik, daß sehr oft politische Informationen primär über das Fernsehen verbreitet werden.

Seit die Faszination des Films erloschen ist, sind die Völker schwerer regierbar geworden, das Fernsehen zu zähmen, ist in keinem einigermaßen freien Land gelungen.

Das deutsche Fernsehen ist bekanntlich das beste der Welt, aber es ist nicht immer gut. Darum: Spät und ruhig speisen, den Bildschirm nach neun öffnen, dann ist das Schlimmste schon vorbei.

Unter den guten Kaisern bestand im Imperium der Römer völlige Denk- und Meinungsfreiheit. Niemandes Affekte, auch die der Herrschenden nicht, wurden durch ihren Gebrauch aufgeregt. Lag das daran, daß es noch keine Mittel der Multiplikation wie heute gab, daß die Meinungsfreiheit wirklich erst als Pressefreiheit kontrovers wird? Das Fehlen der technischen Vervielfältigung erlaubt nur die Reproduktion von Texten, die durch formale Mittel (Reim oder Rhythmus, oder durch die Kohärenz des Gedankens) erinnerungsfähig gemacht werden. Bloße Appelle, repetitiv emotionale Anrufe, konnten keine Verbreitung haben – die Mehrzahl des heute die Massenmedien Anfüllenden wäre gar nicht transportabel gewesen.

Öffentliche Meinung: Falsche Perlen vor echte Säue werfen.

ZU UNSERER SPRACHE

Das Wort Breitensport hat einen Beigeschmack von Wahrheit.

Er schrieb die Art verdrehter Prosa, die einem Ehrfurcht vor der Gedankentiefe des Verfassers einflößt und die man nicht lesen kann, sondern konstruieren muß wie einst lateinische Perioden in der Schule. Macht man sich die Mühe, kommt heraus, daß sie sich nicht lohnt.

»Verlängerte Lebenserwartung« trifft's nicht. Meist ist »verlängerte Todeserwartung« gemeint.

»Alle Menschen sind gleich.« Vielleicht der einzige menschheitsbewegende Satz, der von keinem Menschen je für wahr gehalten wurde.

Der wahre Krimi. »Die Polizei stand vor einem Rätsel. Da steht sie immer noch.«

»Stangenspargel« wird angepriesen, noch immer wird von »Bohnenkaffee«, »guter Butter« und »schwarzem Tee« geredet, gerade als ob der Normalverbraucher gewöhnlich Kamille oder Zichorie oder Ranzfett zu sich nähme. Auch daß der Lachs echt ist und nicht ein gefärbter Minderfisch, scheint der Erwähnung zu bedürfen.

»Ich komme aus einfachen Verhältnissen.« Das ist nicht wahr, es war bloß kein Geld im Haus; aber die Verhältnisse waren sehr kompliziert.

»Jeder, der mich kennt, weiß, daß ...« – wer so redet, ist ins Lager der Oberhonoratioren übergetreten, ist sich selbst bedeutend geworden, ist schon abgemeldet.

»Aus dem wird nichts«, sagt man oft wegwerfend. Vielleicht ist er schon was.

»Vollendete Tatsachen«. Warum will man nicht vor sie gestellt werden? Sie sind doch selten genug und erfreulich obendrein.

Jede Hose hat einen Bund – die Bundhose hat drei. Die Familienpackung ist für die Familie, aber die Riesenpackung nicht für Riesen. Die Leibeserziehung ertüchtigt den Körper, aber die Kunsterziehung nicht die Kunst. Der Scheibenwischer wischt die Scheiben, der Gabelstapler stapelt keine Gabeln.

»Verstehen Sie mich bitte nicht falsch«, sagt man begütigend, sobald man merkt, daß der andere richtig zu verstehen begonnen hat.

»Angenehme Nachtruhe«, sagt die freundliche Wirtin. Eine unangenehme Nachtruhe hat wohl noch niemand gehabt.

Ein unersetzlicher Verlust. Als er eingetreten war, stellte sich heraus, daß nur der Verblichene seine Unersetzlichkeit her- und dargestellt hatte und sie mit ihm dahingeschwunden war.

Lassen Sie sich nicht stören! sagt der Störer im Augenblick der Störung. Ich will ja nicht indiskret sein, sagt einer, der sich anschickt, es zu werden. Es geht mich ja nichts an, räumt derjenige ein, der trotzdem guten Rat beisteuern will. Bequeme Wendungen, die oft Unverschämtheit bemänteln, aber auch dem schüchternen oder rücksichtsvollen Menschenfreund dienlich sind.

Rückstau, Rückantwort, Rückerstattung, Rückerinnerung – eine neue Welle zur Bereicherung der Muttersprache kündigt sich an.

»Fahren Sie zufällig in die Rheinallee?« fragt die freundliche Anhalterin. »Nein, zufällig nicht, sondern absichtsvoll.«

Briefe, die ihn nicht erreichten. »Guten Tag! Wir sind ein junges, dynamisches Kreativ-Team, das Ihnen ...«

Als das Wort »gezielt« aufkam, regte sich noch Widerstand. Heute ist die unerlaubte Bildung durchgesetzt. Zu »hinterfragen« versuchen jetzt selbst Leute von Geschmack. Und vom »real existierenden Sozialismus«, eine Erfindung von dummen Linken, ist die reale Existenz noch in den Sprachgebrauch derjenigen gekommen, die sich über Reagans »Godless atheism« amüsierten. Letztendlich spielt ja alles keine Rolle, auch letztendlich nicht.

Der Fortschritt macht nicht nur Sprachwerke obsolet, auch schlichte Wendungen, zur Bequemlichkeit von jedermann, fallen ihm zum Opfer. »Öl auf die Wogen gießen« war einmal friedensstiftend und verdienstlich, ist heute umweltgefährdend und verboten.

Der Amtsgenosse heißt lateinisch Kollege, auf neudeutsch wird Amtskollege daraus – eine Bezeichnung, die unvermeidlich auftritt, wenn unser Außenminister einem fremden begegnet. Bei Einladungen wird zur Rückantwort aufgerufen, auch erinnert man sich nicht mehr, der Zeitgenosse erinnert sich zurück. Der alte Optiker ist längst dem Augenoptiker gewichen, dem praktischen Arzt folgt der Facharzt für Allgemeinmedizin. So reden wir, wie uns der Schnabel gebogen wird, damit die Sprache fülliger und pompöser werde, Bedeutung heische, wo nichts zu heischen ist. Schopenhauer hätte einen, der ihn zu »hinterfragen« unternommen hätte, einen Lumpen genannt. Das lehnen wir ab; es ist Pflicht, gegen Barbaren duldsam zu sein.

»Nichts für ungut.« Erst der Schlag ins Gesicht, dann die Weisung, es nicht übel zu nehmen. »Es war nicht so gemeint.« In der Tat. Manche Leute haben nie gesagt, was sie meinten; der Gemeinte soll nur auf das Gemeinte antworten dürfen, nicht auf das Gesagte, und die Prügel einstecken, die doch nur zu seinem Besten waren.

Das ist einer, »mit dem man reden kann«. Nach solcher Empfehlung sollte man's bleiben lassen.

Ich genieße hier Narrenfreiheit, sagt jemand und sagt nicht, daß es hier die einzige Art von Freiheit ist.

Herrschaftswissen. Hat an der Herrschaft den geringsten Teil.

Spaß muß sein! Ein deutscher Imperativ.

Was du heute kannst besorgen, das verschiebe nicht auf morgen. Eine Volksweisheit, die mir immer zuwider war. Wie manches entfällt nicht kurz vor Fälligkeit! Dann bricht Seligkeit aus wie früher, wenn ein Unterricht unvermutet ausfiel, und bitter gestraft ist derjenige, der sein Soll vorfristig erfüllt hat. Außerdem schärft es das Bewußtsein, regt die Leistungskraft mächtig auf, wenn der Setzer schon in der Tür steht, Flugzeug oder Zug schon warten, die letzte Frist schon beinah abgelaufen ist.

Unangenehme Dinge erledige ich besonders gern dann (und verläßlich nur dann), wenn noch Unangenehmeres bevorsteht, das aber dank dem weniger Mühsamen hinausgeschoben werden kann.

Wenn jemand sich einführt: »Darf ich mal eine ganz dumme Frage stellen?« – ist es meist auch eine.

»In unserer schnellebigen Zeit.« Seit mehr als vier Jahrzehnten beschäftigt sich die deutsche Nation mit dem einen vorhergehenden Jahrzehnt, das von den Zeitgenossen nicht als schnellebig aufgefaßt worden war. Die schnellebige Zeit ist in Wahrheit die inhaltsleere Zeit, die wie ein Geschwätz und ohne Spuren vorübergeht.

»Das kann ich nicht am Telefon sagen«, sagt einer durchs Telefon. Ominöse Ankündigung, nie ohne Apprehensionen vernommen. Da will einer Zeit stehlen, sich wichtig machen, Reaktionen beobachten, Ansinnen tun, für die er auf natürlichen Beistand nicht hoffen darf. Die Bemerkung deutet zugleich an, daß das Vertrauliche in unserem Telefon nicht sicher sei; schon das soll man sich verbitten. – Überhaupt Abneigung gegen alles, das gleich Vertrauens- und Geheimnisschutz in Anspruch nimmt. Es ist nichts dahinter.

Das albernste Wort der deutschen Sprache: Fort-Pflanzung.

Die deutsche Diplomatie, bescheiden, bescheiden, hat es versäumt, Deutsch zur Verhandlungssprache der Vereinten Nationen erklären zu lassen, als noch auf den Pulttasten am East River ein Knopf frei war. Bis auf den heutigen Tag führen die deutschen Auslandsvertretungen den Staatsnamen an der Haustür und die Behördenbezeichnung in der Übersetzung vor. Auf unseren Pässen steht »Reisepaß«, damit man sie nicht mit Impfpässen verwechsle, und innen wird das Selbstverständliche auch auf englisch und französisch angeführt; Bundesinnenminister Schröder, der als nationaler Mann galt, hatte einst eine Änderung abgelehnt. Spießbürger und Weltbürger sind neudeutsche Zwillinge.

Schriftdeutsch ist die Sprache der öffentlichen Manipulatoren, und man schützt sich vor ihrem Treiben, indem man sich in einen Kreis begibt, der diese Sprache nicht spricht.

Kluge Herrscher benutzen Sprache, um auch noch den Geist der Untertanen zu beherrschen.

Der Revolutionär erfindet neue Wörter oder belegt alte mit neuem Inhalt, um künftige Herrschaft vorzubereiten. Nicht selten gerät die Manipulation außer Kontrolle, die Begriffe rächen sich und fesseln ihre Urheber.

Den guten alten Zwang braucht man kaum noch zu beklagen, es sind Zwänge, die uns überall einengen – heute gibt es Politiken, früher gab es nur eine dänische Zeitung dieses Namens. Unempfindliche reden von Polizeien und von Wirtschaften, letztere wären noch gestern nur als Synonym für Gasthäuser bescheidener Ausstattung verständlich gewesen.

Wortmüll ist Wertmüll! Verbrauchte Begriffe werden eingesammelt und wiederaufbereiet.

Neuerdings tun Texter so, als sei das Deutsche gänzlich ohne Regel der Zeichensetzung, der Syntax, der sprachlichen Logik. Kommata werden weggelassen, wo sie unentbehrlich sind, der Punkt wird emphatisch ins Bild gebracht, wo nichts ihn rechtfertigt. Schluß damit. Gesindel. Boykott.

Die Bundesbahn scheint vom albernen Brauch abgelassen zu haben, den Schaffner oder gar Zugführer durch den Lautsprecher rufen zu lassen »in a few minutes we arrive at Gütersloh Central Station«, aber die Lufthansa redet ihre Passagiere auf innerdeutschen Strecken unverdrossen auch auf englisch an, und die Bundespost numeriert gar längere Telegramme mit der Aufschrift »page one, page two . . .« – Am Rand vieler Städte findet sich ein Behördenschild »P + R« (Park and Ride) als Einladung für Autofahrer, den Wagen schon an der Vorortbahn stehenzulassen und sich dem innerstädtischen Nahverkehr anzuvertrauen. Wer dieses Englisch versteht, ist selber schuld.

Piktogramme sind so zahlreich und unverständlich geworden, daß es sich wieder lohnt, das Alphabet oder gar Sprachen zu lernen.

Frust ist das neue deutsche Wort für Selbstmitleid.

»... fand er den Tod.« Oder fand der Tod ihn? Hat er den Tod, den er fand, überhaupt gesucht?

In der geringeren Vermählung des Katholizismus mit der deutschen Sprache, hat das »Bildungsdefizit« der Katholiken seinen wichtigsten Grund – nicht im Index der verbotenen Bücher und der Feindseligkeit der Hierarchie gegen die moderne Bildung, die anklagend als Gründe genannt werden.

LITERATUR UND KUNST

Die zitatenreichste Kunst ist die Architektur.

Der Freund eines Freundes empfängt eines Tages ein sorgfältig verschnürtes Paket. Er schneidet es, er reißt es auf und findet es leer. Nur am Boden ein kleiner Zettel: Sie haben gerade ein Werk von Christo zerstört.

Wie ein Mensch, der denkt, nicht aussieht, hat Rodin unübertrefflich dargestellt.

»Wer schreibt, der bleibt.« Mindestens bleibt was hängen. Für die Karriere ist's allemal gescheiter, spurlos voranzuschreiten und erst mit Memoiren anzufangen.

Daß alte Kunst in großem Maßstab gesammelt und dafür hohe Preise gezahlt wurden, ist erst dem Historismus des Bürgertums zuzuschreiben; vordem gaben die Fürsten die großen Summen vornehmlich für zeitgenössische Kunst aus; die andere, wenn sie nicht zugleich Kuriosität oder Reliquie war, hatte keinen Preis, weil keinen Markt.

Künstlerkolonien. Der Geist der Kunst spricht: Wo zwei oder mehr versammelt sind in meinem Namen, da bin ich schon nicht mehr unter ihnen.

Die Popularität der bildenden Künste: ihre Sprachlosigkeit, die die Sprachlosen so anzieht, die reichen Sammler und die eifrigen Betrachter.

Die drei Bücher, auf die man sich unter Deutschen unbedenklich berufen kann, aus denen man zitieren darf, sind Goethes »Faust«, die Märchen der Brüder Grimm und der »Struwwelpeter« des Frankfurter Arztes Dr. Heinrich Hoffmann.

Die Tatsache, daß es in keiner entwickelten Demokratie »positive« Literatur gibt, die den politischen und gesellschaftlichen Status quo als gerecht, bestehenswert oder unproblematisch beschreibt, kann geradezu als politisches Kriterium gelten: Regime, unter denen sich die Schriftsteller zustimmend verhalten, das System stützende Literatur hervorbringen, können nicht als freiheitlich gelten.

Die literarische Kultur galt seit jeher als unmittelbarer politisch als die anderen Zweige der Künste und mußte infolgedessen stärker von der Obrigkeit überwacht werden.

In dreißig Jahren wird von den letzten dreißig Jahren der deutschen Literatur nicht mehr die Rede sein.

Man kann einen Autor nicht leichter blamieren als durch die erfolgreich vorgetragene Bitte, er möge Geschriebenes, Gesagtes, Gedachtes doch näher erläutern.

Die Danksagungen in den Vorworten amerikanischer Buchautoren werden immer umfangreicher. Selbstverständlich darf die Ehefrau nicht fehlen, ohne deren Geduld und entsagungsvolle Zurückhaltung das Werk nie entstanden wäre, und auch die langjährige Sekretärin nicht, die es in mühevoller Kleinarbeit fertiggestellt und die Orthographie des Verfassers verbessert hat; dem Verlag wird gedankt, dem Lektor besonders – wohl mit Recht, weil amerikanische Lektoren dem Autor auf vielfältige Weise zu helfen verstehen. Es werden Assistenten genannt, wenn es ein wissenschaftliches Buch ist, Dokumentare und viele Kollegen, die vielleicht einen Einfall, einen Quellenhinweis beitrugen. Eine Entwicklung, die der amerikanische Film vorweggenommen hat, bei dem die Nachspänne immer länger geworden sind, die nun auch Studiovorarbeiter und Garderobiere ausweisen.

Das intellektuelle Leben wird von Lehrkräften okkupiert. Die Mehrzahl von Neuerscheinungen erzählender Literatur in den USA ist von Lehrern verfaßt. Unsere bürgerliche Literatur war Sache von Medizinern und Juristen, auch Theologen, sie wird zu der von Pädagogen. Diese haben Zeit, ein aufgewecktes Sozialbewußtsein und keine Primärerfahrung in der Erwachsenenwelt. Gute Voraussetzungen für ungehemmte Produktion.

Sehr lehrreich, gegenwärtige Kunst, Literatur etc. daraufhin durchzusehen, was an Institutionen schon nicht mehr vorkommt.

Warum sind viele Biographien so ärgerlich, gute Autobiographien aber nicht? Die ersten sind historische Romane, die andern wenigstens authentische Fälschungen.

Auf den Vorsatzblättern von Biographien sollte wie bei Schlüsselromanen oder im Nachspann von Filmen der Satz stehen: Jede Ähnlichkeit mit lebenden oder toten Personen ist rein zufällig.

Unüberhörbare Unterhaltung von zwei jungen Herren am Nebentisch im Bistro, wie die teuren Restaurants der feinen Gegenden heißen, so wie die Läden Boutiquen. Alternativer Schriftsteller der eine, alternativer Verleger der andere. Der eine schreibt nicht, der andere verlegt nicht, aber unsere Gesellschaft ernährt sie doch.

Liedermacher ist die Berufsbezeichnung eines, der nicht singen und komponieren kann, aber selbstverfertigte Weisen vorträgt; das Anliegen muß es bringen.

Wer ernstlich bedenkt, welche Großen aus der deutschen Gedankenwelt bedeutende internationale Wirkung gehabt haben – Luther, Hegel, Marx und Freud; Kant und Goethe aber nicht –, möchte am Schicksal der Welt verzweifeln.

Ein Jung-Ballett marschiert auf, das Bein bis zur Taille entblößt. Mit Recht. Um wieviel ausdrucksstärker sind doch manchmal Schenkel als Gesicht.

PHILOSOPHISCHES

Manch einer, der für zynisch gehalten wird, ist wirklich naiv. Er sagt die Wahrheit und merkt nicht, daß keiner sie hören will, daß sie unerhört verkommt.

Lichtenbergs Sudelhefte von 1779 bis 1788 sind durch die Schuld seiner Nachkommen verloren. Da hat einer sein Leben lang der Welt angehört, doch fällt er mit dem Tod ins Zivilrecht zurück, die Erben können seine Hinterlassenschaft bereinigen und vernichten; der Familienehre wegen, die sie ihm allein verdanken.

Eine neue Wahrheit tötet keinen alten Irrtum ab. Sie hausen friedlich nebeneinander.

Die Legende schlägt die Wahrheit allemal.

Das Vorhandene muß sich selbst behaupten, der Gedanke verteidigt das Verlorene und das Ungeborene.

Wer sonst nicht viel in der Welt zu bestellen hat, hat wenigstens Meinungen.

Wer einem Ideal anhängt, der kommt leicht auf die Idee, das Bestehende dem Höheren zugunsten zu verraten, zu desavouieren, aufzugeben.

Wo das Ideal herrscht in den Seelen, herrscht auch der Terror und der Verrat.

Es liegt im Begriff der Katastrophe, daß sie unvermeidlich ist, so wie im Begriff Gottes, daß er existiert.

Alle Herrschaft des Menschen über Menschen stellt eine Anmaßung dar, die durch keine Legitimitätstheorie zu rechtfertigen ist.

Auf die Frage des Schülers Fan Tschi, was Weisheit sei, hat Konfuzius erwidert: seine Pflicht gegen den Nächsten tun, die Götter ehren und ihnen fernbleiben.

Das genaue Lesen, das Ernstnehmen eines heiligen Textes gerät immer in die Nähe der Blasphemie.

Mit dem Umweltschutz ist der Schutz vor dem Menschen zu einer seiner Hauptbeschäftigungen geworden. Das ist bei den alten Geboten herausgekommen – »seid fruchtbar und mehret euch!« und »macht euch die Erde untertan!«. Kein Gebot, auch das göttliche nicht, darf mit zu großem Eifer befolgt werden.

Seit es einer gesagt hat, sagen es alle höchsten Wesen nach: Du sollst keine anderen Götter haben neben mir. Doch hat den eigentlichen Monotheismus der Gott Mammon geschaffen. Seine Gläubigen beten ihn wirklich an, ihn allein.

Weihnachten ist nicht das vornehmste Fest der Christenheit, sondern Ostern. Geboren werden konnte noch jeder, auferstehen aber nicht.

Die Tröstungen der Philosophie haben noch keinem Menschen unter Vierzig geholfen.

Der einzige Vorteil des Alterns – man wird auch gegen Kommandos allmählich taub und erobert sich, je mehr die anderen Eroberungen ausbleiben, ein eigenes Gewissen.

Selbst die frömmsten Alten geben eine stark gedämpfte Sehnsucht nach dem Jenseits zu erkennen.

Die gereizte, mäkelige Stimmung ist ein Zeichen der überalterten Gesellschaft. Die philosophisch heiteren Alten sind zu wenige und zu weise, ihre Stimme vernehmen zu lassen. Die Mehrheit der reifen Jahrgänge hängt der öffentlichen Klage an, gibt vor, das Bestehende, das ihr günstiger ist, als es je einer Generation war, schlechter als alles Vorherige, als das ihr eigentlich Zustehende zu finden. Die Jungen hingegen haben keine öffentliche Stimme, die der jungen Wortführer in den alten Parteien, der glatten, aufsteigenden Urenkel von wem auch immer, ist nicht die ihre; und die Grünen sind es schon nicht mehr, weder die Fraktion der Sektierer noch die Fraktion der Pöstchenjäger.

Der ganze deutsche Bildungskanon ist von Protestanten geschrieben worden, und an der großen, weltbewegenden deutschen Philosophie war kein Katholik beteiligt.

Das Lob des Waldes bezeugt den Sieg der Romantik über die Aufklärung.

Erlebnisüberfluß hat Erinnerungsverlust zur Folge.

Ein gut Teil Unglück der Menschen kommt von offenen Türen und offenen Aussprachen.

Noch jeder Menschenverderber hat sich auf einen großen Propheten oder Philosophen als Auftraggeber gestützt. Nur im Namen Kants ist nie eine Untat möglich gewesen.

ÜBER DIE ZUKUNFT

Die Zukunft hat zu allen Zeiten die Scharlatane angezogen.

Niemand vermag sich noch Zukunft anders zu denken als bloße Fortsetzung und Perfektion der Gegenwart.

EDITORISCHE NOTIZ

Die meisten der in diesem Band abgedruckten Aphorismen wurden folgenden Büchern von Johannes Gross entnommen: »Lauter Nachworte« (1967), »Die Deutschen« (1967), »Absagen an die Zukunft« (1970), »Unsere letzten Jahre« (1980), »Notizbuch« (1985), »Phönix in Asche« (1989) und »Das neue Notizbuch« (1990). Einige Aphorismen wurden noch nicht in Buchform veröffentlicht; sie sind zuerst in den regelmäßigen Beiträgen von Johannes Gross für das »Frankfurter Allgemeine Magazin« erschienen.

R. J.